For *David, Alice, and Soledad*
Para *David, Alice y Soledad*

    —J.T.

To *my brother Flavio, who always showed me the music*
A *mi hermano Flavio, quien siempre me mostró la música*

    —R.A.

Glossary and Pronunciation Guide

abuelito (ah-bweh-LEE-toe): grandpa
a ver (ah ver): let's see
ay (eye): oh
cielito lindo (see-eh-LEE-toe LEEN-doh): beautiful
    heaven; also "Cielito Lindo," the title of a popular
    mariachi song
Don (dohn): Mister (Mr.)
gracias (GRAH-see-ahs): thank you
guitarrón (gee-tar-OWN): large, six-stringed bass
mamá (mah-MAH): mother
mariachi (mar-ee-AH-chee): style of Mexican folk music

¿Qué pasó? (keh pah-SOH): What happened?
señor (seh-NYOR): sir, mister
sí (see): yes
sígueme (SEE-geh-meh): follow me
sombrero de charro (som-BREH-roh deh CHAH-roh):
    Mexican horse rider's hat, traditionally worn by
    mariachi musicians
tortilla (tore-TEE-yah): flat, round bread made of corn
    or wheat, often served with a filling or topping
vihuela (vee-WAY-lah): guitar-like string instrument
    with five strings and a rounded back

"Cielito Lindo" was written around 1882 by Quirino Mendoza y Cortés and is documented as a hit song in New York in 1919. "Cielito Lindo" was published several times in the United States in the early 1920s, but a publication of the song with a copyright notice and date cannot be located. According to United States copyright law, works published in the US prior to March 1, 1989, without a copyright notice are in the public domain.

Text copyright © 2015 by Jennifer Torres
Illustrations copyright © 2015 by Renato Alarcão
Spanish translation copyright © 2015 by Lee & Low Books Inc.
Spanish translation by Alexis Romay
Book design by Christy Hale
Book production by The Kids at Our House
The text is set in Latin 725
The illustrations are rendered in acrylic
Manufactured in Malaysia by Tien Wah Press, March 2015
10 9 8 7 6 5 4 3 2 1
First Edition
Library of Congress Cataloging-in-Publication Data
Torres, Jennifer.
Finding the music / by Jennifer Torres ; illustrated by Renato Alarcão ; Spanish translation by Alexis Romay — En pos de la música / por Jennifer Torres ; ilustrado por Renato Alarcão ; traducción al español por Alexis Romay. — First edition.
pages cm
Summary: "A young Latina girl accidentally breaks her grandfather's vihuela and searches for someone in the community to fix the instrument, which leads her to discover her grandfather's legacy as a mariachi. Includes an author's note and glossary"—Provided by publisher.
ISBN 978-0-89239-291-9 (hardcover : alk. paper)
[1. Grandfathers—Fiction. 2. Musicians—Fiction. 3. Mariachi—Fiction. 4. Guitar—Fiction. 5. Hispanic Americans—Fiction. 6. Spanish language materials—Bilingual.] I. Alarcão, Renato, illustrator. II. Romay, Alexis, translator. III. Title. IV. Title: En pos de la música.
PZ73.T63 2014
[E]—dc23   2013041044

Finding the Music
En pos de la música

by/ por Jennifer Torres

illustrated by/ ilustrado por Renato Alarcão

Spanish translation by / traducción al español por Alexis Romay

Children's Book Press, *an imprint of* Lee & Low Books Inc.
New York

Above a booth at the back of Cielito Lindo restaurant hung the old *vihuela*. Reyna's *abuelito*, her grandpa, had played the instrument when he was a musician in a mariachi band.

Reyna spent every weekend at the restaurant with her *mamá*. In the morning when Mamá opened the restaurant, she would touch the vihuela's strings, close her eyes, and whisper, "*Ay*, Reyna, how I wish I could hear your abuelito play again."

Sobre una mesa en la parte trasera del restaurante *Cielito Lindo* estaba colgada la vieja vihuela. El abuelito de Reyna había tocado ese instrumento cuando era un músico en un conjunto de mariachis.

Reyna pasaba todos los fines de semana en el restaurante con su mamá. Todas las mañanas cuando mamá abría el restaurante, tocaba las cuerdas de la vihuela, cerraba los ojos y susurraba:

—Ay, Reyna, cuánto me gustaría volver a escuchar a tu abuelito tocar de nuevo.

Reyna liked to climb into her favorite booth—the one below Abuelito's vihuela—to read while Mamá cooked. But the restaurant was often so noisy, Reyna couldn't concentrate.

When Reyna complained, Mamá just smiled. "Oh, Reyna," she sighed. "These are the sounds of happy lives. The voices of our neighbors are like music, Abuelito always said."

Reyna wasn't so sure—especially one Saturday when Cielito Lindo was noisier than ever.

A Reyna le gustaba sentarse en su mesa favorita —la que estaba debajo de la vihuela de abuelito— para leer mientras mamá cocinaba. Pero el restaurante era por lo general tan ruidoso que Reyna no podía concentrarse.

Cuando Reyna se quejaba, mamá sólo sonreía.

—Ay, Reyna —suspiraba—, estos son los sonidos de vidas felices. "Las voces de nuestros vecinos son como música", decía siempre abuelito.

Reyna no estaba tan segura, especialmente un sábado en el que había más ruido que nunca en *Cielito Lindo*.

All day the doorbell jangled as customers walked in and out.

Mr. Espinoza and Mr. Hernández shook their newspapers at each other, their coffee growing cold while they argued then agreed then argued again.

The Sandoval twins smacked spoons against the table.

In the kitchen, where Mamá was warming a batch of tortillas, dance music rang out from the old-fashioned record player on the countertop.

Reyna sank deeper into the booth. She pulled her book closer to her nose and tried to ignore the ruckus.

Todo el día, la campana de la entrada estuvo sonando mientras los clientes entraban y salían.

El señor Espinoza y el señor Hernández gesticulaban entre sí con los periódicos mientras el café se les enfriaba. Discutían, se ponían de acuerdo y volvían a discutir.

Los gemelos Sandoval golpeaban la mesa con las cucharas.

En la cocina, donde mamá estaba calentando tortillas, la música salía del viejo tocadiscos que estaba sobre la mesa.

Reyna se hundió aún más en su asiento. Se acercó el libro a la nariz e intentó ignorar el bullicio.

Suddenly one of the Sandoval twins threw a spoonful of food at his brother. The boys hollered wildly.

"Enough!" Reyna shouted, flinging her arms up in the air. The book slipped from her fingers and flew straight into Abuelito's vihuela, knocking it to the floor with a loud thud.

"Oh no!" Reyna gasped. Everyone stared at her in stunned silence—everyone except Mamá, who was still in the kitchen.

Reyna couldn't let Mamá see what had happened. She grabbed the vihuela and rushed toward the door. "Be back soon, Mamá," Reyna called.

"Don't go too far," Mamá replied. "I want you here in time for dinner."

De repente, uno de los gemelos Sandoval le lanzó una cucharada de comida a su hermano. Los muchachos se pusieron a gritar.

—¡Basta ya! —dijo Reyna levantando los brazos en el aire.

El libro se le deslizó de los dedos, voló hasta la vihuela de abuelito y la tumbó al suelo con un sonido fuerte y seco.

—¡Oh, no! —suspiró Reyna. Todos la miraron con un silencio pasmado; todos excepto mamá, quien estaba todavía en la cocina.

Reyna no podía dejar que mamá viera lo que había pasado. Tomó la vihuela y corrió hacia la puerta.

—Regreso pronto, mamá —dijo Reyna.

—No te vayas muy lejos —respondió mamá—. Quiero que estés de vuelta para la hora de la cena.

Outside, Reyna sucked in a deep breath and examined the vihuela. An ugly crack crept up the front, and the strings drooped.

Reyna had never heard Abuelito play the vihuela, but every night at bedtime Mamá described the Mexican folk songs he had performed. She said the music was like an old friend, taking your hands and pulling you onto the dance floor.

Reyna knew she had to get the vihuela fixed somehow.

Afuera, Reyna dejó escapar un gran suspiro y examinó la vihuela. Una fea rajadura recorría la parte delantera y las cuerdas estaban sueltas.

Reyna nunca había escuchado a abuelito tocar la vihuela, pero todas las noches, a la hora de dormir, mamá describía las canciones folclóricas mexicanas que él tocaba. Decía que la música era como un viejo amigo que te tomaba de la mano y te jalaba a la pista de baile.

Reyna sabía que tenía que arreglar la vihuela de alguna manera.

Not far from Cielito Lindo was Don Antonio's hardware store. Don Antonio had repaired Reyna's bicycle once. Maybe he could help again.

"Can you fix it?" Reyna asked as she lifted the vihuela onto the counter.

Don Antonio tilted his head and squinted. "*A ver*," he said. "Let's see." He tugged at one of the sagging strings with his pliers. The string snapped.

"I'm sorry," Don Antonio said, shaking his head. He handed the vihuela back to Reyna. As she turned to leave, she noticed an old photo taped to the cash register.

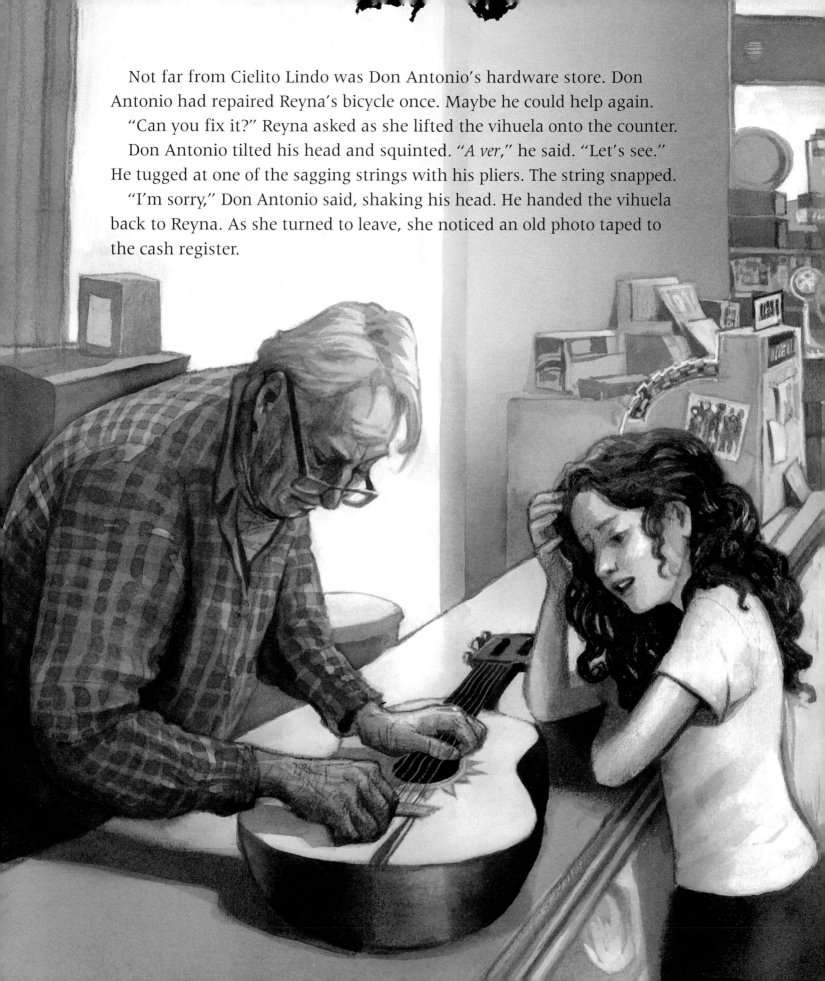

No muy lejos de *Cielito Lindo* estaba la ferretería de don Antonio. Él había reparado la bicicleta de Reyna una vez. A lo mejor podía ayudarla de nuevo.

—¿La puede arreglar? —preguntó Reyna poniendo la vihuela en el mostrador.

Don Antonio inclinó la cabeza hacia un lado y achicó los ojos.

—A ver —dijo.

Jaló una de las cuerdas sueltas con su alicate. La cuerda se rompió.

—Lo siento —dijo don Antonio negando con la cabeza, y le devolvió la vihuela a Reyna. Cuando Reyna se volvió para irse, se fijó en una foto vieja que estaba pegada a la caja registradora.

Reyna recognized one of the faces from photographs at home.

"My abuelito?" she asked.

"*Sí*," Don Antonio said. "Yes." He took down the picture from the cash register. "This was at my wedding. None of us had much money then, so instead of a gift, your abuelito and his mariachis played for us."

Don Antonio handed the photo to Reyna. "Now I'd like to give it to you."

"*Gracias*," Reyna said. "Thank you." She left the hardware store wondering what to do next.

Reyna reconoció una de las caras por las fotografías que había visto en casa.

—¿Mi abuelito? —preguntó.

—Sí —respondió don Antonio. Quitó la foto de la caja—. Esto fue en mi boda. Ninguno de nosotros tenía mucho dinero, así que en lugar de un regalo, tu abuelito y sus mariachis tocaron para nosotros.

Don Antonio le entregó la foto a Reyna.

—Ahora me gustaría dártela a ti.

—Gracias —dijo Reyna y salió de la ferretería preguntándose qué iba a hacer ahora.

Across the street Reyna saw Miss Ana, the school music teacher, pulling weeds in her garden. Miss Ana seemed to know everything about musical instruments. Reyna hoped she knew how to fix them too.

Reyna showed Miss Ana the vihuela and told her what had happened.

"You know, Reyna," Miss Ana said. "The first music lessons I ever took were from your abuelito. He taught me on this vihuela. Wait here. I think I have something that will help."

Al otro lado de la calle, Reyna vio a la señorita Ana, la maestra de música de la escuela, que estaba desyerbando su jardín. La señorita Ana parecía saber mucho sobre instrumentos musicales. Reyna tenía la esperanza de que supiera también arreglarlos.

Reyna le mostró la vihuela a la señorita Ana y le contó lo que había sucedido.

—Déjame contarte algo, Reyna —dijo la señorita Ana—. Las primeras lecciones de música que tomé fueron con tu abuelito. Él me enseñó con esta vihuela. Espera aquí. Creo que tengo algo que podría ayudar.

When Miss Ana returned, she was carrying a hat—a *sombrero de charro*.

"An old hat?" Reyna asked. "How will that help?"

"When I went to college to study music, your abuelito gave me his sombrero for good luck," Miss Ana said. "Now I hope it will bring good luck to you."

Miss Ana put the hat on Reyna's head. Reyna smiled, proud to wear Abuelito's sombrero. Then she remembered the vihuela, and her smile disappeared.

"Don't worry, Reyna," Miss Ana said. "Your mamá will understand it was an accident."

Reyna nodded and waved good-bye, hoping Miss Ana was right.

Cuando la señorita Ana regresó, traía un sombrero de charro.

—¿Un sombrero viejo? —preguntó Reyna—. ¿Y eso cómo va a ayudarme?

—Cuando me fui a la universidad a estudiar música, tu abuelito me dio este sombrero para la buena suerte —dijo la señorita—. Ahora espero que te traiga buena suerte a ti también.

La señorita Ana le puso el sombrero en la cabeza a Reyna. Reyna sonrió, orgullosa de llevar puesto el sombrero de abuelito. Entonces recordó la vihuela, y su sonrisa desapareció.

—No te preocupes, Reyna —dijo la señorita Ana—. Tu mamá entenderá que fue un accidente.

Reyna asintió y se despidió, esperando que la señorita Ana tuviera la razón.

Talking with Miss Ana had given Reyna another idea. She would take the vihuela to Adelita, the music shop. Reyna wondered why she hadn't thought of it sooner.

Last year Mamá had bought Reyna a trumpet at Adelita's. Mamá didn't have enough money to pay for the trumpet all at once, but Señor Marcos, the owner, had said Mamá could pay for it a little at a time.

Reyna crossed her fingers. Maybe with the money Mamá gave her for helping at the restaurant she could pay for a new vihuela the same way.

Mientras hablaba con la señorita Ana, a Reyna se le había ocurrido otra idea. Iba a llevar la vihuela a *Adelita*, la tienda de música. Reyna se preguntó cómo no había pensado en eso antes.

El año pasado, mamá le había comprado una trompeta a Reyna en la tienda de música *Adelita*. Mamá no tenía dinero suficiente para pagar la trompeta de una vez, pero el señor Marcos, el dueño, le había dicho a mamá que podía pagarla poco a poco.

Reyna cruzó los dedos. Quizá con el dinero que mamá le había dado por ayudar en el restaurante ella podría pagar una nueva vihuela del mismo modo.

"Reyna, hello!" Señor Marcos called when Reyna entered the shop. Then he noticed the vihuela. *"¿Qué pasó?"* he asked. "What happened?"

"It was my abuelito's," Reyna explained. "It fell off the wall. I was wondering if you had another one. I can pay for it a little bit at a time."

Señor Marcos held out his hand. "May I see it?"

He ran his finger over the ugly crack. "I don't have any vihuelas," he said finally. "But you don't need one. I can help you fix this."

—¡Hola, Reyna! —dijo el señor Marcos cuando Reyna
entró a la tienda. Entonces se fijó en la vihuela—. ¿Qué pasó?

—Era de mi abuelito —explicó Reyna—. Se cayó de la pared. Me
preguntaba si usted tendría otra. La puedo pagar poco a poco.

El señor Marcos extendió la mano.

—¿La puedo ver?

Pasó los dedos por la fea rajadura.

—No tengo ninguna vihuela —dijo finalmente—. Pero no te hace falta
otra. Yo te puedo arreglar esta.

"¡Gracias!" Reyna cried. Miss Ana was right. The sombrero was good luck. "Can we do it now?"

Señor Marcos shook his head. "I'm sorry, but I'm busy until next weekend."

Reyna sighed. Mamá would be so disappointed.

"I never even heard Abuelito play," Reyna whispered. After listening to so many stories about his music, she longed to hear it.

"*Sígueme*," Señor Marcos said. "Follow me."

—¡Gracias! —gritó Reyna. La señorita Ana tenía razón. El sombrero le había dado buena suerte—. ¿La podemos arreglar ahora?

El señor Marcos negó con la cabeza.

—Lo siento, pero estoy ocupado hasta el próximo fin de semana.

Reyna suspiró. Mamá iba a estar tan decepcionada.

—Yo nunca escuché tocar a abuelito —susurró Reyna. Después de oír tantos cuentos acerca de su música, ella tenía deseos de escucharla.

—Sígueme —le dijo el señor Marcos.

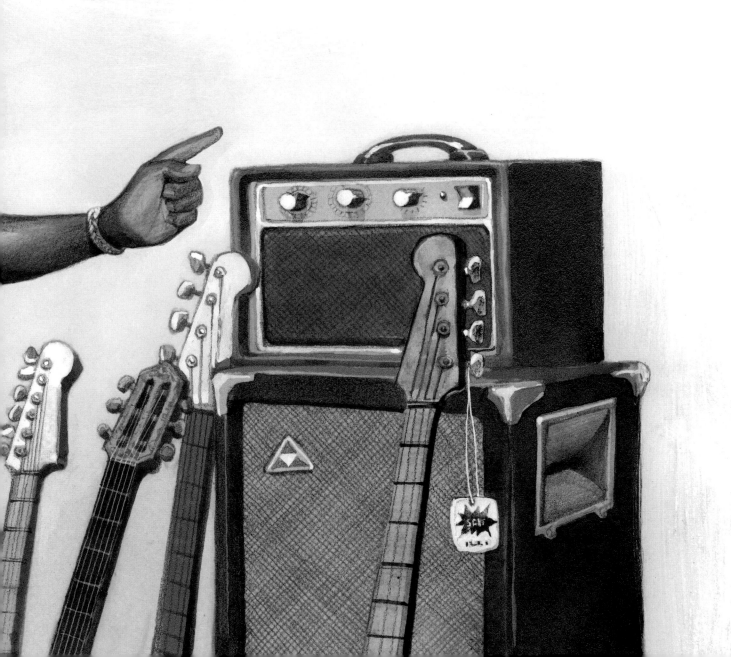

Señor Marcos led Reyna to his office. He searched through stacks of old records, pulled one out, and handed it to Reyna.

"If you're going to fix the vihuela," he said, "you need to know how it's supposed to sound. Your abuelito's mariachi band had a few of these little records made. This might be the only one left. Take it home and listen. Then come back with the vihuela next Saturday morning."

Reyna thanked Señor Marcos and returned to Cielito Lindo. She couldn't wait to play the record, but first she had to tell Mamá what had happened to the vihuela.

El señor Marcos llevó a Reyna a su oficina. Buscó entre pilas de discos viejos, sacó uno y se lo entregó a Reyna.

—Si vas a arreglar la vihuela —le dijo—, tienes que saber cómo suena. El conjunto de mariachis de tu abuelito grabó algunos discos pequeños. Este podría ser el único que queda. Llévatelo a casa y escúchalo. Regresa con la vihuela el próximo sábado por la mañana.

Reyna le dio las gracias al señor Marcos y regresó a *Cielito Lindo*. Tenía muchas ganas de poner el disco, pero primero tenía que decirle a mamá lo que le había pasado a la vihuela.

"Where have you been?" Mamá asked when she heard the doorbell jingle.

"I'm really sorry," Reyna said. She explained how she had broken the vihuela and promised to fix it, with help from Señor Marcos.

"Where did you find that?" Mamá interrupted, pointing to the sombrero.

"It's from Miss Ana," Reyna replied. "Abuelito gave it to her, and now she gave it to me. And look, Don Antonio gave me this photo."

Mamá laughed. "How handsome Abuelito was." Then she tucked the picture into the hatband and hung the sombrero on the wall, right where the vihuela had been.

—¿Dónde estabas? —preguntó mamá cuando escuchó el tintinear de la campana.

—Lo siento mucho —dijo Reyna. Explicó cómo había roto la vihuela y prometió arreglarla, con la ayuda del señor Marcos.

—¿Dónde encontraste eso? —la interrumpió mamá, señalando el sombrero.

—Era de la señorita Ana —respondió Reyna—. Abuelito se lo dio a ella y ahora ella me lo dio a mí. Y mira, don Antonio me dio esta foto.

Mamá se rio.

—Qué guapo era abuelito —dijo. Entonces metió la foto debajo de la cinta del sombrero y colgó el sombrero en la pared, en el mismo lugar donde había estado la vihuela.

As the dinnertime crowd filled Cielito Lindo, Reyna had one more idea. She hurried to the kitchen and put Abuelito's record on the record player. Then she turned the volume dial as high as it would go.

"*Ay, ay, ay, ay!*" Abuelito's joyful voice rang through the restaurant. The sound of his vihuela was clear and sweet.

"Listen, Mamá," Reyna said. "You can hear Abuelito play again!" Then she took her mamá's hands, and together they danced around the tables, laughing and spinning.

It was noisier than ever at Cielito Lindo—and Reyna didn't mind at all.

A la hora de la cena, mientras los clientes llenaban *Cielito Lindo*,
Reyna tuvo otra idea. Corrió a la cocina y puso el disco de abuelito en el
tocadiscos. Entonces subió el volumen al máximo.

—¡Ay, ay, ay, ay! —la voz alegre de abuelito sonó en todo el restaurante.
El sonido de su vihuela era claro y dulce.

—Escucha, mamá —dijo Reyna—. Puedes oír a abuelito tocar otra vez.

Entonces le tomó las manos a mamá y juntas se pusieron a bailar entre
las mesas, riendo y dando vueltas. En *Cielito Lindo* había más ruido que
nunca. Y a Reyna no le molestaba en lo absoluto.

Author's Note

More than two hundred years ago, musicians in Mexico began blending indigenous and Spanish musical traditions to create the mariachi sound. As Mexicans moved to the United States, they brought this style of folk music with them, and the art of mariachi continues to thrive in both Mexico and the US.

I have been listening to mariachi music since I was a child, and I am fascinated and inspired by the ways in which mariachi is a living art form. It is continually evolving to reflect the experiences of new generations. Sometimes described as the "musical voice of the people," mariachi music embodies the spirit of community. It is played at weddings, birthdays, funerals, baptisms, and other special moments in the lives of families and neighbors.

To me, what makes mariachi music so special is that it lives in the past and in the present. A song we dance to today brings back memories from years ago. Whenever I hear a certain song, I instantly remember being a little girl in California, trying to keep up with my grandfather on the dance floor. These memories are what bring mariachi to life, and if you listen closely, you can hear the music's heartbeat.

Today a mariachi ensemble usually includes violins, trumpets, a guitar, a bass called a *guitarrón*, and a vihuela. The vihuela, a small, five-stringed guitar with a rounded back, has a high pitch and gives mariachi music its lively rhythm.

The restaurant in this story is named after a song. Written around 1882 by Quirino Mendoza y Cortés, "Cielito Lindo" is one of the most popular pieces of mariachi music. The title translates into English as "Beautiful Heaven," an expression similar in meaning to "sweetheart" or "darling." The most common English translation of the song's famous refrain is below.

Ay, ay, ay, ay,
Sing and don't cry,
Because, Little Heavenly One,
Singing makes the heart happy.

NOTA DE LA AUTORA

Hace más de 200 años, los músicos en México comenzaron a mezclar las tradiciones musicales indígenas con las españolas para crear el sonido mariachi. Cuando los mexicanos se mudaron a los Estados Unidos, trajeron este estilo de música folclórica con ellos, y el arte del mariachi continúa floreciendo tanto en México como en los Estados Unidos.

He escuchado música mariachi desde que era una niña, y me siento fascinada e inspirada por la manera en que el mariachi es una forma de vida. Está continuamente evolucionando para reflejar las experiencias de las nuevas generaciones. Algunas veces descrita como "la voz musical del pueblo", la música mariachi encarna el espíritu de la comunidad. Se toca en bodas, cumpleaños, funerales, bautizos y otros momentos especiales en la vida de las familias y los vecinos.

Para mí, lo que hace a la música mariachi tan especial es que vive en el pasado y el presente.

Una canción que bailamos hoy trae recuerdos de hace muchos años. Siempre que escucho cierta canción, enseguida me acuerdo de cuando era una niñita en California, tratando de seguir los pasos de mi abuelo en la pista de baile. Estos recuerdos son lo que hacen que el mariachi cobre vida, y si escuchan atentamente pueden oír el latido de la música.

Hoy en día, un conjunto de mariachis por lo general incluye violines, trompetas, una guitarra, un bajo llamado guitarrón y una vihuela. La vihuela, una pequeña guitarra de cinco cuerdas con la parte de atrás redonda, tiene un sonido muy agudo y le da a la música mariachi ese ritmo tan vivo.

El restaurante del cuento lleva el nombre de una canción. Escrita cerca de 1882 por Quirino Mendoza y Cortés, "Cielito lindo" es una de las canciones más populares de la música mariachi. Este es el famoso estribillo de la canción:

Ay, ay, ay, ay,
canta y no llores,
porque cantando se alegran,
cielito lindo, los corazones.